Zwischen Süllberg und Bulln
Johannes W. Studt
ISBN 3-8330-0361-8

©Copyright 2003: Johannes W. Studt

Dieses Buch können Sie per Nachnahme
zuzüglich Versandkostenpauschale bestellen bei:
Sabine Griem Handelsvertretung
Georg-Bonne-Straße 75, 22609 Hamburg
Telefon und Fax 040/86624040, e-mail: griem@jahr-tsv.de
oder
Buchhandel

Herausgeber: Sabine Griem
Umschlaggestaltung und Layout:
Carola Volbeding und Werner Rabe
Fotos: siehe Seite 100
Druck: Books on Demand, 22848 Norderstedt

ISBN 3-8330-0361-8

Zwischen Süllberg und Bulln

Eine Kindheit

und Jugend

in Blankenese

JOHANNES W. STUDT

Vorwort

Ja, wer weiß das alles eigentlich heute noch?,
heißt es in einer Zeile der Geschichte. Wer er-
innert sich noch an das alte Blankenese? Mein
Vater! Schon als ich klein war, hatte ich immer
viel Spaß, wenn er mit seinem trockenen Humor
von seiner Kinder- und Jugendzeit am Süllberg
berichtete. Er meinte dann immer, „das müsse er
doch alles einmal aufschreiben!" Das tat er dann
auch – etliche Jahrzehnte später.
Diese Aufzeichnungen bereitete meine Schwä-
gerin Margret als Geburtstagsüberraschung zu
seinem 80. Geburtstag vor. Sie brachte das Ge-
schriebene in eine korrekte Form, bedruckte beid-
seitig viele, viele Seiten (gar nicht so einfach!)
und band das kleine Werk mit einem hübschen
Umschlag. So lag dann die druckfrische Ausgabe
„Zwischen Süllberg und Bulln" im Februar 2001
vor dem Autor und seiner Geburtstagsgesellschaft.
Es wurde ein bißchen daraus vorgelesen, und
alsbald war die Festgesellschaft am Blättern und
Schmunzeln (ein betagtes Ehepaar las die gesamte Geschichte noch nach dem Geburtstagsfest
bis spät in die Nacht hinein!).
Kurzum, das Büchlein kam gut an, und die Edi-
tion war im Nu vergriffen. So kam uns die Idee,
daß vielleicht auch andere Freude an den Ge-
schichten haben könnten.
Natürlich werden besonders Blankeneser (und

speziell die älteren Jahrgänge) viel wiedererkennen und sich dabei an die eigene Jugend in Blankenese erinnern. Man muß aber kein „Eingeborener" in der zigten Generation sein und zum Beispiel so eine Anekdote erleben wie meine Freundin Gunda: Auf dem Feuerwehrfest ließ sich ein älterer Herr neben ihr nieder und meinte: „Kind, neben dir sitzen 700 Jahre Sülldorf!" (hatte er vielleicht nur das Alter der umsitzenden Herren addiert?), worauf sie nur mit bescheidenen 80 Jahren Blankenese mithalten konnte.

Also egal, ob Blankeneser alteingesessen oder zugezogen; (früher wurden da feine Unterschiede gemacht!), Nicht-Blankeneser, jung oder alt, alle werden hoffentlich ihren Spaß haben an diesen Erinnerungen.

Das Leben dieses so stolzen und etwas eigensinnigen Völkchens am Elbhang hat sich zwar etwas verändert, aber einiges ist zum Teil bis heute geblieben...

Die Zeit ist auch hier nicht spurlos vorübergezogen, aber es gibt sie immer noch die Gemütlichkeit im Hanggebiet. Hier ist alles ein wenig „entschleunigt", wozu natürlich die Treppen und schmalen Wege beitragen. Die „Bergziege" quält sich tagein, tagaus durch die „Terpentinen" von Blankenese, lädt ein zum kurzen Plausch mit Freunden und Bekannten und legt auch mal einen Sonderstopp ein, um einem alten Mütterchen den Weg mit den schweren Tüten nach Hause zu verkürzen.

Auch das Osterfeuer gibt es noch, wenn auch heute beinahe professionell betrieben (mit Lkws wird das Brennmaterial herbeigeschafft), weil die Kinderrasse für die „Tannenbaumkriege" leider heute andere „Termine" hat. (Das waren noch Zeiten in meiner Kindheit, wenn man während der Vorosterzeit peinlichst feindliches Terrain mied und dann doch plötzlich von einem „Vierecker" mit der Frage „Tannenbaumlager?!" gestellt wurde.) Ja, und die „Knüllsteher", mit teilweise so originellen Namen, wie z. B. Mozart, die immer an der „Bude", geführt von Minna Lindemann (welch ein Name!), herumstanden. Nun ja, jedes Ding hat seine Zeit; irgendwann verschwand die Bude und mit ihr auch die Knüllsteher.

So, nun genug der Worte. Vielleicht finden auch Sie einen Teil Kindheit oder Jugend in diesem Buch wieder. Oder, Sie machen es wie ich: Holen Sie es hervor, wenn Sie mal nicht so gut drauf sind!

Hamburg im Februar 2003
Sabine Griem

Meine Kindheit

Geboren wurde ich im Februar 1921 oben an der Süllbergsterrasse, die Hebamme hieß übrigens Meyer, sie wohnte mit ihrem Mann Josef in der damaligen Elbstraße (heute Blankeneser Hauptstraße), schräg gegenüber vom Kohlenlager Kölln. Vielleicht hat sie, Frau Meyer, den Anlaß gegeben, den Blankeneser Schnack: „Fro Meyer, hem se all hört...", in die Welt zu setzen.

Über meine ersten Lebensjahre weiß ich wenig oder nichts, doch mit fünf oder sechs Jahren begann das Spielen mit den Nachbarsjungen, alle ziemlich im gleichen Alter. Wie schön konnte man zu der Zeit noch in Blankenese spielen, die Wege und Treppen mit verwinkelten Häusern, kleinen Gärten und Terrassen, ja vor allem eine Terrasse: Stehrs Terrasse, nicht die obere, die untere direkt am Aufgang zum Süllberg. Hier neben dem kleinen angebauten Pavillon (Andenken und Postkarten, nur an sonnigen Tagen geöffnet!) spielten wir.

Hans Prigge bestimmte, was gespielt wurde; wir anderen, Helmut und Werner Hackbusch, Oskar Stehr, Erich Ziegler und meine Wenigkeit, überließen uns seiner Führung. Wir wollten nach Amerika, aber wie? Hans wußte

Rat, bei seinem Onkel Alnwick (Hans hatte sehr viele Onkel, davon erzähle ich ein anderes Mal) am Falkental läge ein kleines Boot. Um es klar zu machen (man beachte die Reihenfolge!), brauchten wir einen Schemel, ein großes Brot (von Bäcker Lindemann), alten Kuchen und Rosinen (Helmuts Vater importierte Rosinen!)

Und um diese Angelegenheit zu finanzieren, sollte jeder wöchentlich fünf Pfennige in eine Kasse tun, zum Kassenverwalter war Werner Hackbusch bestimmt worden. Nach zwei oder drei Wochen großes Theater bei den Müttern, Hans und Helmut waren mit Kasse und Schemel verschwunden. Bei Harmstorf schaukelten beide in einem Moses, der zufällig bei Bootsbauer Schuldt am Strand lag. So endete diese Reise.

Eine alte Aufnahme der Werft von Alnwick Harmstorf mit einem Steg, an dem die Taucherprahme festmachten. Dort ragte unter anderem bis Kriegsbeginn das Bugteil eines Schiffes aus dem Wasser, welches den Namen „Benzin" trug.

Hans und Helmut waren immer zusammen, und da beide noch nicht wußten, wie sie wieder nach Hause finden sollten, bekam Hans ein Schild mit folgendem Text an seinem Rücken befestigt: Ich heiße Hans Prigge und wohne da und da usw… Eines Tages, wir spielten wieder auf der bewußten Terrasse, kam Hans mit wichtiger Miene und sagte: „Ich soll bei meinem Onkel eine Schiffsglocke holen, ihr dürft mitkommen und tragen helfen!" Wir alle mit, es war ein heißer Sommertag. Anfangs ging es ja noch – die Westerstraße (jetzt Richard-Dehmel-Straße) hoch bis zur Landstraße, den Berg hoch bis zur Wasserkunst (Kösterbergstraße) immer den Tinsdaler Kirchenweg längs, damals ein einfacher Sandweg mit tiefen, in den Sand gefahrenen Furchen, links und rechts Kiefern und Heide.

Der jetzige Golfplatz existierte noch nicht, wohl aber der richtige Heidberg, der jetzt in den Golfplatz eingeschlossen ist. Unsere kleinen Beine und Füße waren müde geworden, Rast oder Pause gab es nicht, Hans lockte immer mit der Glocke, es wäre ja nicht mehr weit. Endlich waren wir am Ziel, wir standen vor dem Tor von Münchmeyers Besitz (das wußten wir kleinen Bötels aber damals noch nicht). Der Onkel war Gärtner bei Münchmeyer und wohnte in einem Haus am Eingang des Parks, so kann man es nennen. Hans ging hinein, wir sollten warten, wir hatten auch Angst vor einem Hund, der müde und schläfrig an seiner Leine lag.

Da wir Hunger hatten, suchten wir das Gebüsch nach Brom- und Himbeeren ab, außer ein paar Bickbeeren fanden wir aber nichts. Unsere Beine und Knie waren von den Brombeerstacheln ganz schön blutig. Endlich kam Hans, ein Stück Butterkuchen oder den Rest davon in der Hand, und sagte: „Die Glocke ist noch nicht da, wir sollen nochmal wiederkommen…"

In Wahrheit sollte er seinem Onkel nur einen Brief bringen, den er uns aber nicht gezeigt hatte – ganz schön raffiniert mit sechs Jahren! Als wir nach Stunden zu Hause ankamen, gab's den Hintern voll, und zur Strafe durften wir nicht raus zum Spielen.

Erich Ziegler verstand es auch, uns in die Irre zu führen. Da er gern mit uns spielte, seine Mutter ihn aber lieber in der Nähe hatte, kam er eines Tages an und rief: „Im Teich am Wilmanspark ist eine Frau ertrunken…" Wir, wie eine kleine Hammelherde hinter ihm her – am Teich (25 Zentimeter tief!) war nichts zu sehen. Wir wollten Erich schon ordentlich verdreschen, da meinte er treuherzig, vielleicht ist sie (die Frauenleiche) schon nach Hause getragen worden! Erichs Vater fuhr als Kapitän bei der Hamburg-Süd, seine Mitbringsel waren für uns immer das Höchste. Ausgestopfte Krokodile, riesige bunte Strohhüte usw.

Erichs Mutter und Frau Hackbusch waren Cousinen oder sogar Schwestern, daher war

immer einer von den Jungen als Kurier unterwegs. Wir natürlich immer mit dabei, schon allein wegen vielleicht dabei abfallendem Kakao und Kuchen, Rosinen oder Bontjes.

Ja, Bontjes gab es bei Tante Henny (Johannes Harder, Kolonialwaren) unter Kaffeegarten Schuldt am Süllberg. Der Laden war wirklich ein Erlebnis. Links vom Eingang vor dem Tresen zwei hölzerne Klappsitze, rechts davon das große Salzgurkenfaß, daneben die Heringstonne sowie Petroleumfaß mit Handpumpe. Statt Petroleum sagte Tante Henny Peterleum, statt Lorbeerblätter, Loirbeerblöd.

Verkauft wurde alles, was in den verschiedenen Schubladen an Ware vorhanden war. Die Messingwaage blitzblank, in einer der Waagschalen immer ein Blatt Pergamentpapier. Eine etwas kleinere Waage war für Butter, Schmalz- und Fettwaren sowie eine große Dezimalwaage für Kartoffeln usw.

Für uns das wichtigste waren aber die Bontjehafen, große Fünf-Liter-Gläser mit Deckel. Nach-

Oberhalb ehemals Johannes Harder Kolonialwaren liegt seit über 125 Jahren Schuldt's Kaffeegarten. Immer noch in Familienbesitz wird der idyllische Kaffeegarten (Bild unten) an der Süllbergsterrasse 30 von der Familie von Elm geführt.

dem wir unseren Zettel mit den Einkaufswünschen abgegeben hatten, guckten wir zu, wie all die Sachen gewogen und eingepackt wurden. Dann reichte Tante Henny den Korb zu uns herunter und einen Bontje als Zugabe: „Tschüüß min Jung, greut dien Modder scheun!"

Das beste an Tante Hennys Laden war aber Lora, der Papagei. Sein Käfig stand in der Küche neben der Tür zum Laden und dem Telefon – das gab es auch schon, aber nur in Geschäften oder bei reicheren Leuten! Nun zu Lora: Lora konnte zwei Sätze sprechen. Wenn jemand in den Laden kam, rief er laut: „Pedt de Feut af", anschließend „Mok de Dör to". Für uns immer ein Anlaß, die Ladentür auf- und zuzumachen. Tante Henny lachte nur und rief: „Mok dat du no Hus kummst, dien Vadder will de Kinner telln". Tante Henny versorgte uns auch mit so wichtigen Dingen, wie Bananentaue (geflochtene Juteseile), leeren Apfelsinenkisten usw.

Unser Zeug, was wir trugen, war fast bei jedem ähnlich: Hemdhose, Schlitz vorn, Klappe hinten. Hose, kurz mit Brustlatz oder gekreuzte, knöpfbare Schulterbänder, darüber Pullover oder Sweater mit oder ohne Ärmel; im Winter Pudelmütze, Mantel und Fausthandschuhe. Lange Strümpfe bis übers Knie mit Strumpfbändern, im Sommer barfuß, eventuell

Kniestrümpfe, Schnürstiefel mit Ösen – wer mehr anhatte, war für uns ein Frostködel.

Zur Winterausrüstung fast aller Blankeneser Jungen gehörte ein Peekhaken und eine Kreek mit Stüerknüppel (möglichst lang). Hersteller der Kreeken, je nach Wohnlage Osten oder Westen, waren Ottar Harmstorf, Matthias von Appen oder Tischler Schümann in der Carlstraße (jetzt Hans-Lange-Straße). Die eisernen Kufen dazu lieferten die Schlosser von Appen oder Schütt am Sandberg (jetzt Am Eiland, auch so ein komischer Name). Wenn eine Kreek schnell laufen sollte, mußte sie flacheiserne Kufen haben, und vor allem lang sein, hier gilt, wie auch in der Schiffahrt, „Länge läuft"!

Die bevorzugten Bahnen zum Rüschen (Rodeln) waren der Quälberg (heute Waseberg) und der Sandberg. Natürlich für uns Lütten nicht, unsere Reviere waren die Westerstraße und die Süllbergsterrasse. Wir haben den Großen (dazu zählten damals beim Rüschen alle vom 14. bis 40. Lebensjahr) auch das Manschopfahren abgeguckt. Das ging folgendermaßen: Zwei bis drei Kreeken hintereinander aufgestellt, sich auf die Kreek gesetzt und links und rechts als den Steuerknüppel wie die Schubstangen einer Lokomotive benutzen, dann ging's mit Rörörö los.

Mit der Einschulung 1927 veränderte sich unser Spielbereich sehr. Die für uns am Süllberg kaum bekannten neuen Schulkameraden kamen aus Gegenden in Blankenese, die wir noch nicht entdeckt hatten: Osten und Westen waren uns wohl von den Tannenbaumkriegen der größeren Jungen ein Begriff, auch hatten wir bei Spaziergängen mit den Eltern einige andere Ortsteile gesehen. Beim Milchholen (Milchmann Röhl, siehe Bilder Seiten 36/37 und 76) oder Pumpenwasser die steile Bornholdtstreppe hinunter, da sah man schon einige Jungen aus anderen Spielkreisen, wenn ich das so nennen darf.

Nun saßen wir also in einer Klasse in der Schule Kahlkamp, neben mir saß Volker Heydorn – er konnte damals schon sehr gut zeichnen und malen. Einmal, in den ersten Wochen meiner Schulzeit, sollten wir ein Bild malen. Ich saß da vor meinem leeren Blatt und bekam nichts zustande. Da bat ich Volker: „Mal mir doch mal einen Löwen?" Toll, mit ein paar Strichen malte er mir den Löwen. Nur meine dazu gemalten Striche, ich glaube, es sollte ein Wüstenbild

Hier sehen Sie meine Schulklasse, so etwa um 1930/31, am Kahlkamp mit unserem Lehrer Hadenfeld (der gußeiserne Ofen ist leider nicht mit auf dem Bild!). Fast 60 Prozent meiner Mitschüler sind im Zweiten Weltkrieg gefallen.

– 17 –

sein, paßten vorne und hinten nicht. Lehrer Petersen zog mir die Ohren lang. Hinter mir saß Heini von Appen (damals sagten wir Heini). Heini konnte den Lehrer zur Weißglut bringen, machte aber stets ein Unschuldsgesicht und hatte immer eine gute Ausrede.

Ein paar Jahre später haben wir, Heini und ich, Lehrer Petersen mit Gedankenlesen hereingelegt. Das ging folgendermaßen: Alles, was ich sagen oder denken sollte, wurde in der großen Pause 11.00 Uhr von uns abgesprochen. Wir hatten vollen Erfolg und die Unterrichtsstunde dadurch bedeutend verkürzt.

Das Lehrer nicht immer das richtige machen, bewies Lehrer Petersen im Winter 1928/29, er kam drei Wochen nicht zum Unterricht. Da er jeden Tag mit seinem Motorrad von Schenefeld nach Blankenese fuhr, wollte er frühmorgens den Benzinstand im Tank prüfen und das mit einem brennenden Streichholz; Schadenfreude ist die schönste Freude!

Bis 1928 gehörte Blankenese noch zum

Die Schule Kahlkamp, die auch ich mehrere Jahre besuchte. Es gibt sie seit nunmehr fast 130 Jahren und Generationen von Blankeneser Kindern gingen und gehen auf diese Schule, so auch unsere Tochter und unser Enkel.

– 19 –

Kreis Pinneberg, wir fühlten uns als Schleswig-Holsteiner. Auch bei den Schulfesten wie Kindergrün usw. zeigte sich dies, überall die Landesfarben, auch an Sonn- und Festtagen, fast jedes Haus hatte einen Flaggenmast im Garten. Diese Masten nutzten wir oft für unsere Streiche: Leine ausschären am Sonnabend im Dunkeln, am anderen Morgen mußte erst der Mast umgelegt werden, um eine Leine aufzustecken. Natürlich wurde dies nur bei bestimmten Flaggenfarben gemacht und auch nur bei bestimmten Leuten.

Noch eine besondere Eigenart in Blankenese war das Aufkommen melden! Wenn wir am Kahlkamp in unserer Klasse beim Unterricht saßen, war ein Ohr immer bereit, ein bestimmtes Dampfertuten zu deuten; wir hatten ja mehrere Schulkameraden, deren Väter als Kapitän oder Lotse zur See fuhren. Diese gaben, wenn sie von der Reise kamen, vor Blankenese ein bestimmtes Signal. Dann rief dieser oder jener Schulkamerad: „Herr Lehrer, mien Vadder kommt op!" Der Lehrer ließ dann den Jungen nach Hause laufen, um seiner Mutter oder Tante Bescheid zu sagen. Die Lehrer kannten dies, und ließen diese schöne Sitte gelten, wenn auch so manches Schiff so schnelle Reisen vom Spencer-Golf und zurück in vier Wochen machte! Signale muß man eben kennen.

Jetzt kommt eine Begebenheit, die auch nur am Kahlkamp passieren konnte: Um dem

Schuldiener und seiner Frau die Arbeit im Winter zu erleichtern, wurden die Schüler jeder Klasse zum Kohlenholen beauftragt, jeden Tag ein anderer Schüler.

Am Tag nach den Weihnachtsferien, also Anfang Januar 1932, hatte ich diese Aufgabe. Als ich so zehn Minuten vor acht in die Klasse kam, sagte mir Nico (besser bekannt als Hajo Breckwoldt): „Hanzi, du brauchst dich um nichts kümmern, ich habe alles für dich besorgt, nur kurz nach acht die Schaufel voll Koks nachlegen." Nico war ein Sonnyboy und ein Filou, aber sonst immer ein guter Freund. Soweit so gut, wir sollten ein Diktat schreiben, und Nico wollte dieses wohl verhindern.

Kurz nach acht Uhr, die Diktathefte lagen schon auf unseren Pulten, legte ich die von Nico bereitgelegte Schaufel mit Koks auf die frische Glut (hierzu muß ich sagen, der Ofen war aus Kaisers Zeiten, zwei Meter hoch, rund 50 Zentimeter Durchmesser aus Gußeisen mit einer schönen Zackenzinne oben) und schließe die heiße Ofenklappe...

...Tja, was dann folgte, ist kaum zu beschreiben. Lehrer Hadenfeld hatte den ersten Satz des Diktats noch nicht zu Ende gesprochen, ein Knall ist nichts dagegen, es war wie ein Vulkanausbruch. Das Oberteil des Ofens knallte gegen die Decke des Klassenzimmers, die Fenster klirrten, ein Rauch, ein Qualm, gut war nur, daß niemand verletzt wurde – der große Ofenschirm hatte einiges abgehalten. Herr Hadenfeld mit seinem Stehkragen stand wie eine Salzsäule und bekam kein Wort über die Lippen.

Wie ein Blitz waren wir alle im Freien; an Unterricht war nicht mehr zu denken. Die Tracht Prügel, die ich bekam, war bestimmt nicht von schlechten Eltern, erst in der Schule und dann zu Hause. Nico wurde von jemandem, der ihm nicht gut gesonnen war, angeschwärzt, aber das ganze wurde als Verpuffung von Kohlenstaub von der Schulbehörde hingenommen. Zwei Tage später, als ich morgens zur Schule kam, sagte Nico zu mir „Guten Morgen, Heizer!", da hatte ich meinen Spitznamen fürs Leben weg.

Im Sommer darauf, glaube ich, kam ich in die Höhere Schule; liegt etwa 70 Meter hoch an der Karstenstraße. Diese Schule wurde nach einem der größten deutschen Dichter „Richard Dehmel" benannt, später „Gorch Fock Schule" – paßt auch viel besser zu Blankenese!

Es wird schon seinen Grund gehabt haben, warum Nico, Paul und ich (Paul Süßmann, gefallen Schlachtschiff Scharnhorst im Eismeer) den Auftrag hatten, den Boden der Schule nach dem Umzug vom Kahlkamp aufzuräumen. Es war ein sehr heißer Tag; wir hatten wohl eine Stunde mit Nichtstun verbracht, da fanden wir unter aufgerollten Landkarten aller Art die Armbrüste vom Vogelschießen zum Kindergrün. Paul meinte, das heißt Armbrust, Nico und ich sagten Armbrüste, da es ja mehr als eine war!

Bei dieser Gelegenheit wollten wir aber doch unsere Schießkünste beweisen. Eine Weltkarte wurde mit dem Rot von einer Ziegelpfanne mit Ringen und Zentrum bemalt und an einem Ende des großen Dachbodens aufgehängt. Nach verschiedenen Einzelschüssen planten wir eine Salve: Spannen, Bolzen aufgelegt und Zielen war Eins. Einer rief Feuer, der Erfolg war enorm. Ziegel rauschten in die Dachrinne und sonstwohin, heller Sonnenschein strahlte uns aus der neu erschaffenen Öffnung entgegen. Mit diesem Wirkungsschießen war auch diese Vorstellung zu Ende.

Herr Rektor Traugott Diercks stand in der offenen Bodentür, guckte, sah die Öffnung im Dach und meinte, bei mehr Licht hätten wir auch den Schalter benutzen sollen. Rapport nach Schulschluß in seinem Rektorzimmer; untergelegte Hefte am Po entfernte er höchstpersönlich, die Hiebe mit dem Reetstock saßen!

Dies war in der Schule unser letzter Streich, und lange nach seiner Pensionierung sagte mir

Herr Diercks: „Jehann, wer hart im Geben ist, der muß auch hart im Nehmen sein." Überhaupt, wir hatten doch gute Lehrer, jeder hatte seine Fehler, wir auch! Bevor ich mit dieser Zeit abschließe, möchte ich noch über einige Besonderheiten in Blankenese erzählen: Eine wichtige für uns Blankeneser Jungs war der Bau des Schulkutters beim Bootsbauermeister Jürgen Schuldt am westlichen Strandweg in Blankenese.

Wer den Riß dieses wirklich formschönen und schlanken Boots gemacht hat, weiß ich leider nicht mehr, das ganze war aber von unserem Lehrer Klaus-Matthias Hauschildt. Er war sehr beliebt und unterrichtete uns neben seinen Schulfächern in Seemannschaft, Knoten und Spleißen, Rudern und Segeln sowie etwas in Navigation! Dies war einmalig im ganzen Deutschen Reich. Wie oft haben wir während der Bauzeit dem Meister zugeschaut (alles abgelagerte Deutsche Eiche; übrigens hat das Eichenholz einen wunderbar eigenartigen Geruch, wohl von der Gerbsäure). Das Boot wurde in Kraweel gebaut, die Maße genau richtig für halbwüchsige Jungen.

Die Segel maßte der Segelmacher Bohn am östlichen Strandweg. Beim Stapellauf wurde das Boot auf den Namen „Viet" getauft. Unter diesem Namen waren die Blankeneser Seeleute an der ganzen Küste bekannt. Mit dem „Viet" wurden jedes Jahr zwei einwöchige Fahrten gemacht. Elbaufwärts bis zum Elbe-Trave-Kanal, nach Mölln, Ratzeburg oder noch weiter. Bei den jährlichen Wettrudern und Reespullen war der „Viet" aufgrund seiner Bauart meistens der schnellste Kutter – die BSC-Kutter waren dafür härter im Nehmen; es waren Marinekutter.

Eine kleine Anekdote muß ich dazu noch nacherzählen: Ein Blankeneser sollte im Englischen Kanal eine Lotsung zur Elbe vornehmen. Beim Klettern an Bord rief ihm der Bootsmann zu: Look out for your feet!, daraufhin murmelte der Lotse: „Woher weet de denn, dat ick Blankeneser bün?"

Auch eine schöne, alte Tradition war das „Kindergrün" in den schleswig-holsteinischen Dörfern. Jedes Jahr vor den Großen Ferien, die übrigens zu der Zeit noch immer im Juli/ August waren, der Tourismus war erst noch mit der Sommerfrische in den Kinderschuhen! Dieses „Kindergrün" begann meist mit dem Vogelschießen im Hessepark und sonstigen Wettspielen, ein Umzug bis zum Einzug ins Festlokal, Kuchen und Kakao an langen Tischen, mit kleinen Vorträgen der Schulkinder.

Ich weiß das Jahr nicht mehr, da ging es zum „Kindergrün" mit dem Raddampfer bis Stade! Einkehr im Gasthaus „Harmonie", natürlich

waren die Eltern auch dabei. Leider wurde diese Einrichtung mit der Groß-Hamburg-Gründung abgeschafft.

Unsere Jugend war aber auch voller vielfältiger Erlebnisse, da war doch noch Meyerssand (jetzt Neßsand); hier ging es hin zum Pompesel-Holen. Dort wurden Schlickschlachten veranstaltet – der beim Ausruhen in der Sonne auf der Haut getrocknete Schlick konnte jeden, der sich näherte, erschrecken, aber nach dem Baden war dann der Spuk vorbei. Trotzdem schimpfte so manche Mutter beim Kopfwaschen, „Jung, wo bist du nun schon wedder west?"

Dann das Baden auf dem „Schweinesand", eine Sanddüne vor der Elbinsel Böhaken (ex Mühlenberger Loch). Schweinesand war bei Hochwasser überschwemmt, aber als Rettungs- und Abholplatz hatte Lorenz Breckwoldt dort ein großes Boot fest verankert – dadurch hatte er immer eine Nebeneinnahme, denn seine Barkasse brachte die Badegäste dorthin und wieder zurück.

Die geteilte Aufnahme auf den Seiten 26/27 zeigt, wo sich für mich das Leben im Sommer abspielte – nämlich am Knüll. Ganz rechts im Bild zieht der Eismann Ganz seinen von den Kindern heißgeliebten Eiskarren am Strand.

Wie überall in den norddeutschen

Landen, gab es auch in Blankenese Osterfeuer. Wir hatten drei Feuer: Im Westen bei Taucher Harmstorf, in der Mitte am Knüll und im Osten unterhalb vom Osterweg. Jedes Jahr gleich nach Neujahr begannen die Blankeneser Jungs mit dem Sammeln von Tannenbäumen. Osten, Knüll und Westen natürlich jeder für sich. Die gesammelten Bäume kamen in besondere Verstecke im Treppenviertel, am Strand wären sie durch Hochwasser und Wegnahme von feindlichen Gruppen nicht sicher gewesen.

Diese geheimen Lager brauchten wir nicht zu bewachen, es sei denn, einer der Jungen hatte dies verraten oder ausspioniert! All das wurde von uns sehr ernst genommen – jedes Feuer sollte ja das größte sein. Auch die Mühlenberger machten ein Osterfeuer – von dort drohte für uns am Knüll keine Gefahr. Die Parajotten, so nannte man früher die Mühlenberger (verballhornt Patrioten), schlugen sich mit den Jungs vom Osterweg.

So um Karfreitag begann dann der Transport zur Feuerstätte am Strand, das waren nun zwei gefährliche Tage und Nächte. Jeder Transport wurde schwer bewacht; trotzdem ging so mancher Tannenbaum als Beute verloren. Die Mütter flickten Hosen und so manche Schramme mußte versorgt werden, aber das Feuer am Ostersonnabend war dann doch das schönste!

Eingangs erwähnte ich als Rüstzeug der Jungens den Peekhaken, dieser mußte beim „Püttschern" im Treibeis auf der Elbe unbedingt dabei sein. Wasserdichte Stiefel oder besser noch Langschäfter vom Vater oder Großvater. Sehr gut dran waren Jungs, deren Väter zur See fuhren, diese hatte ja meistens aus ihrer Segelschiffahrtszeit noch echte „Seestiefel" in der alten Seemannskiste auf dem Boden. Um diese zu benutzen, mußte die Schuhgröße innen durch altes Zeitungspapier oder mehrere wollene Socken ausgeglichen werden. Ausprobiert, ob „wasserdicht" oder nicht, wurde es in einer entsprechend tiefen Pfütze. Wir standen solange in dieser, bis die Füße eiskalt waren, mitunter hatte man auch schon nasse Socken, das wurde aber verschwiegen.

Diese Winteraufnahme zeigt den Blick vom Anleger zum BSC (Blankeneser Segelclub). Im Winter bei Eisgang, wie hier schön zu sehen, war es ein beliebter Ort zum „Püttschern" (Eisschollen als Fahrzeuge benutzen).

Unsere kurzen Stiefel hatten an den Absätzen kleine Hufeisen und an den Spitzen kleine, mondsichelförmige Eisen. Diese waren angebracht, damit Absätze und Spitzen längere Zeit hielten. Es war also keine Modeerscheinung, sondern praktische Erfahrung! So dick wie heute waren die Löhne und Gehälter zu der

Zeit nicht. Man hatte dies den sparsamen Preußen abgeguckt, deren Soldaten hatten sogar die ganze Sohlenfläche mit flachen Rundkopfnägeln gespickt – daher auch der laute Marschschritt. Das hatte nichts mit „preußischer Arroganz" zu tun, es war einfach, um teures Leder zu sparen.

Nun zurück zum Püttschern. Gepüttschert wurde bei Eisgang auf der Elbe, aber fast nur bei Stau- oder Hochwasser. Leichtsinnige machten es auch bei ablaufendem Wasser, diese liefen dann Gefahr, in den Strom hinauszutreiben. Oft endete dann so eine Reise in Schulau oder sonstwo! Das war bei den Kältegraden auch keine Spazierfahrt.

Beliebt war das Püttschern beim „Bulln" und an der Zwölfmeter-Kuhle. An diesen Stellen bildeten sich bei Hoch- oder auflaufendem Wasser sogenannte Blinks; Flächen, die fast eisfrei waren. Hier sprangen wir dann von Scholle zu Scholle; das mußte sehr schnell gehen, denn es waren sehr kleine Schollen. Wer besonders geschickt war, konnte so etwa sechs bis sieben Schollen überspringen, bis er eine große, tragende Scholle erreichte. Nun zur Zwölfmeter-Kuhle, diese befand sich am westlichen Ende des Leitdamms, etwas östlicher als Bootsbauer Schuldt – hier war bei Eisgang fast immer ein sehr schöner Blink.

In dem sehr kalten Winter 1928/29, alle Wasserleitungen in Blankenese waren eingefroren und an den öffentlichen Wasserpumpen standen die Leute in langer Reihe, um den Wasserbedarf der Familien zu sichern. Die Milchhändler verkauften dieses Pumpenwasser in die oberen Teile Blankeneses – auch ein Geschäft.

Wir Jungens vom Süllberg schleppten die schweren Eimer von der Pumpe Olde („...bei Olde ist ein Bontjewagen umgekippt!", ein Schnack der größeren Jungen, um uns hereinzulegen) die steile Bornholdtstreppe hinauf. Paul Prigge, der älteste Bruder von Hans Prigge, er fuhr als Maschinist und hatte gerade Urlaub, war ein ganz Schlauer. Seine Mutter Paula trug ihm an, er solle zwei Eimer Wasser von der Pumpe holen, dafür bekäme er von ihr ein paar Mark.

Wir spielten – wie so oft – auf Stehrs Terrasse und hatten uns eine „Glitsche" gemacht. Sehr zum Verdruß von allen Großen – die Terrasse war spiegelglatt! Nun kam Paul mit den noch leeren Eimern und fragte: „Wollt ihr euch 20 Pfennige verdienen?" Wir wollten das natürlich und waren sehr schnell unten an der Pumpe, wo wir natürlich erstmal warten mußten, bis wir an die Reihe kamen. In der Zwischenzeit poussierte Paul mit Tomma, Gesa etc. Wir aber schleppten die vollen, schweren Eimer die steilen Treppen hoch. Paul nahm sie lachend in

Empfang, wir hörten auch noch, wie er von seiner Mutter freudig gelobt wurde, der Schlawiner!

Eines Nachmittags in diesem harten Winter wollten die großen Jungs, Kurt Stehr, Erich Martens und mein Bruder Heini (so nannte man alle Heinrichs), zum Püttschern – natürlich zur Zwölfmeter-Kuhle. Sie hatten von den Vätern die Langschäfter „ausgeliehen"; Kurt von seinem Großvater sogar die Seestiefel. Uns Kleinen wollte man nicht mitnehmen – wir konnten sie aber leicht erpressen, einiges von ihren Streichen wußten wir ja auch. Wir liefen also los: Ein kurzes Stück Süllbergsterrasse, bei Tante Henny vorbei, Hans Leips Haus links liegen lassend, die Rutsch runter, Kuddel Schmalfeld kurz geärgert (auch ein Blankeneser Original), dann beim Bäcker längs zum Westen.

Dort war sie nun, die Zwölfmeter-Kuhle. Eine fast kreisrunde, eisfreie Wasserfläche, und mittendrin trieb einsam eine etwas größere Eisscholle. Insgesamt waren wir zu siebt: drei große und vier lütte Jungs. Die Großen hatten mit viel Mühe und ihren Peekhaken die Scholle herangeholt und sprangen nacheinander drauf. Wir Lütten hinterher. Soweit so gut, einige Minuten trug die Scholle uns, dann senkte sie sich an einer Seite langsam, und wir rutschten allesamt ins eiskalte Wasser.

Irgendwie schafften wir es mit Hilfe der Großen, das feste Eis zu erreichen – nur ein einsamer Seestiefel trieb noch auf dem Blink. Wie wir nach Hause liefen im Schweinsgalopp, weiß ich nicht mehr. Mein Bruder und ich wurden von unserer Mutter splitternackt ausgezogen und ins Bett gesteckt. Mein nasser Mantel stand steifgefroren vor dem heißen Ofen – langsam taute er auf und sackte in sich zusammen.

Nie mehr hat mich danach das Püttschern angezogen. Der Seestiefel hat sich auch nicht mehr angefunden. Kurt Stehr wurde von seinem Großvater auch nicht bestraft! Übrigens, Großvater Nikolaus Stehr konnte nach außen hin sehr grimmige Blicke von sich geben und auch mal laut schimpfen „Du Briet!!", es war aber nie böse gemeint. Apropos, der Ausdruck, „Du Briet" war für Blankeneser ein sehr gängiges Wort. Es waren wohl die Erfahrungen, die See-erfahrene Blankeneser mit den Engländern gemacht hatten!

Zu der damaligen Zeit wurden in vielen Häusern noch Hühner und Schweine gehalten, zur November- und Dezemberzeit kam dann der Hausschlachter. Neugierig waren wir Jungs natürlich immer, aber das Abstechen und Aufschneiden der Schweine war uns doch zu grausig. Wenn die Wurst fertig war, stellten wir uns wieder ein. Die Familie Rohr „Süllberg" hatte nörd-

lich des großen Aufgangs, hinter Fliederbüschen verborgen, ihren Schweinestall (zehn bis zwölf Stück), darunter lag ein kleiner Gemüsegarten.

Versorgt wurde das alles von Friedrich Rohr, einem Schwager der damaligen Besitzerin Witwe Rohr. Dieser „Alte Friedrich", so wurde er genannt, guckte überall nach dem Rechten – für uns war er im Hintergrund immer eine Angstfigur! Ob wir Flieder klauten (für Blankeneser waren es Syringen) oder versuchten, in den tiefen Eiskeller einzudringen. Eingeweihte wußten, welche Schätze dort aufbewahrt wurden: Eistorten, Fürst-Pückler-Eis etc. Diese Dinge waren für uns das Höchste an Genuß!

Einmal gelang es uns! Da der Keller sehr dunkel war (er hatte auch einen direkten Zugang von der Konditorei her), mußte alles sehr schnell gehen. Wir hatten eine Eistorte für zirka sechs bis acht Personen erwischt; verspeist wurde diese Beute oben bei Stehrs im Berg. Ergebnis: Zu hastig gegessen, drei Tage Durchfall und Leibschmerzen.

Auf den Seiten 36/37 sehen Sie Herrmann Röhl mit seiner Tochter Frieda vor seiner Milchhandlung. In meiner Kindheit und Jugend war dieser Teil von Alt-Blankenese mit seinen vielen Läden sozusagen das Hauptgeschäftszentrum.

– 38 –

Zu jener Zeit war unter dem Saal des Süllbergs noch eine Bar sowie ein Billardzimmer. Da wir täglich auf Entdeckungen aus waren, fanden wir die Billardstöcke, nahmen sie mit und spielten auf dem Bismarckstein Indianer. Es waren für den Tag jedenfalls tolle Speere! Auch dieses Spiel fand ein schnelles Ende – mein Vater fand den versteckten Speer hinter meinem Bett. Da er mit Fritz Rohr befreundet war, und auch sowieso dies bei uns Jungens nicht durchgehen ließ, mußten wir uns entschuldigen und die Stöcke reuevoll zurückgeben.

Tischlermeister Heinrich Schümann, Ecke Carlstraße und Elbstraße, oberhalb von Busdorf, ja Tischler Schümann, da muß ich weit ausholen. Mein Vater hatte mit dem Sohn Ernst von Tischlermeister Schümann bis 1908 eine Zimmermannslehre gemacht und zwar bei einem Meister im Kreis Segeberg. Danach ging mein Vater, wie es sich gehörte, drei Jahre auf die Wanderschaft; als sogenannter Fremdgeschriebener. Er durfte drei Jahre und einen Tag nicht in seinem Heimatkreis erscheinen oder arbeiten.

Am 1. April 1911 waren diese drei Wanderjahre verstrichen – er hatte halb Europa durchwandert und dabei seine Berufskenntnisse sehr erweitert. Nun war er gerade in Köln oder in der Nähe davon bei einer Behörde, wo er das Ende seiner Wanderschaft bestätigt haben wollte. Die

Bestätigung bekam er, zugleich aber auch seinen Musterungsbescheid. Er kam zum 7. Pionier-Bataillon nach Köln-Riehl; das waren Wasserpioniere genau wie das 3. Bataillon in Harburg.

Während seiner Dienstzeit – drei Jahre – hat er in seiner Freizeit, und Urlaub gab es ja auch, bei einem Zimmermeister in Wiesdorf (heute nennt sich die Stadt Leverkusen) gearbeitet. Hier lernte er meine Mutter kennen. Nach seiner abgeleisteten Dienstzeit, er war schon Unteroffizier, mußte er mit seinem Bataillon in den Krieg in Richtung Westen. Gegen Ende des Krieges, mein Bruder Heinrich war schon unterwegs, kam er bei einem Gasangriff der Engländer in britische Gefangenschaft. 1920 kam er aus dieser zurück. Er war noch wegen Tapferkeit zum Feldwebel-Leutnant befördert worden. Na, dafür konnte er sich ja was kaufen!

Die Blankeneser Hauptstraße – früher hieß sie noch Elbstraße – ungefähr in Höhe der Hans-Lange-Straße, wo sich bis in die 70er Jahre die Tischlerwerkstatt von Ernst Schümann und meinem Vater Heinrich Studt befand.

Meine Mutter wohnte zu der Zeit schon in Dockenhuden – ein Nest in der Nähe von Blankenese. Mein Großvater handelte dort mit Milch etc. Dann zogen wir, ich war schon im Kommen, zum Süllberg. Mein Vater

– 42 –

hatte schnell eine Arbeit bei einer großen Hamburger Baufirma gefunden; nach kurzer Zeit wurde er dort auch Zimmerpolier – es lief also alles gut für meinen Vater. 1924 trat mein Vater als ehemaliger Frontsoldat in den „Stahlhelm" ein. Für ihn war das selbstverständlich, nur für bestimmte Kollegen vom Bau nicht – mein Vater war auch nicht im Verband (Gewerkschaft).

Zwei Jahre ging es gut, dann fiel meinem Vater ein zufällig vom Gerüst gefallener Ziegelstein auf den Kopf! – Im Krankenhaus „Landrat Schleiff" besuchten ihn seine Kameraden vom „Stahlhelm" und bewegten ihn dazu, sich nach seiner Genesung selbständig zu manchen. So kam es zu der Verbindung mit Ernst Schümann. Ernst hatte wohl die Bauschule besucht, aber wie auch mein Vater keine Meisterprüfung abgelegt, wozu auch. Das kostete ja auch unnützes Geld. Der alte Meister Heinrich machte dann den Vorschlag: „Ich bleibe bei meinen Möbeln (er war ein hervorragender Möbeltischler; seine alle von Hand gebauten Möbel, Sekretäre, Tische und Eckschränke stehen noch heute in so mancher Blankeneser Wohnung – und alle mit dem Ballen poliert!) und Ihr beiden arbeitet im Part."

Das heißt, jeder bediente seine Kunden; größere Aufträge wurden gemeinsam ausgeführt. Diese gemeinsame Arbeitsteilung klappte bis zum Tode von Ernst Schümann in den 70er

Jahren – nie ein Streit, nie ein Zuviel von beiden Seiten. Einige Blankeneser werden bestimmt noch erinnern, wenn beide etwas Schweres zu tragen hatten – im gleichen Schritt. Wie der ehemalige Lotse Hans Bargmann meinte, „im Liekendrägergang".

Hier in dieser kleinen Tischlerei, bei Schümann, versuchte ich mich als kleiner Helfer zu betätigen, viel war das ja nicht. Meistens hieß es: „Lop mol eben no Stölting, wenn de dat nich hett, no Hüttich" (beides Eisenwarengeschäfte in Blankenese). Bevor ich es vergesse, da war beim Seniormeister noch ein Tischlergeselle namens Jan Dübel. Der schlief in der Mittagszeit immer in den Hobelspänen in der Nähe des Leimofens mit den großen Zinkplatten zum Furnieren. Als Nachbarssohn war da auch noch Willy Busdorf – er war Zimmermannsgeselle und half auch ab und zu bei Schümann.

Willy Busdorf war unbestritten der König unter den Schiffsmodellbauern (er ist vor einigen Jahren verstorben). Schon zu damaliger Zeit schnitzte und feilte er an winzigen Modellen (für Buddelschiffe) herum. An den größeren Schiffsmodellen stimmte alles, sogar die kleinsten Blöcke liefen! Natürlich wollten wir Jungs dies nachahmen, aber er war eben ein Meister in seinem Fach.

Die Herren vom Altonaer Museum haben sich seinetwegen die Hacken schiefgelaufen, nur damit er mal eben die im Zweiten Weltkrieg durch Bomben zerstörte Abteilung „Seefahrt – Fischerei" wieder aufbaute. Seine Modelle von historischen Schiffen sind in allen Details so echt und wirklich schön!

Hier in der Tischlerei fing ich nun an, mit Hobel, Säge und Beitel umzugehen, aber nur an der nördlichen Hobelbank (Jan Dübels), die östliche war dem Senior vorbehalten. Ich sehe noch, wie er mit der großen Trennsäge in beiden Fäusten die preußischen Dielen aufschnitt. Ein Schnitt fast drei Meter lang in zwei bis drei Minuten (eine Diele war fast fünf Zentimeter stark und wurde vorwiegend für Fenster gebraucht).

Maschinen, wie Kreissäge oder noch so'n Kram, war für die damals Tätigen ein Fremdwort – alles gediegene Handarbeit. Hier regierte die Rauhbank, statt Abrichter, der Putzhobel pfiff beim sauberen Putzen der Holzoberfläche – wer einmal Mahagoni-Holz Vorhand gehobelt hat, weiß, wovon ich spreche.

Erwähnen möchte ich auch noch zwei Nachbarsjungen von Schümann: Hans und Georg Holländer (Appelboom), Nachkommen einer alten Blankeneser Fischerfamilie – beide haben Willy Busdorf wirklich etwas abgeguckt. Übrigens, so mancher Junge aus dem unteren Teil Blankeneses holte sich zum Basteln oder Dra-

chenbauen Leisten – natürlich umsonst, niemand wurde abgewiesen.

Auch unsere Tochter Sabine nicht! Sie war wohl vier oder fünf Jahre alt (die Tischlerei existierte noch) und eilte mit ihren kleinen Beinen und dem Teddy unter dem Arm zu Opa in die Werkstatt. Vielleicht gab es ja zehn Pfennige für ein Eis. Bei Schümann in der Werkstatt angekommen – Opa war nicht da. Die Frage an Ernst Schümann: „Spielt Opa nicht mehr mit?"

Schmuggel-, Strand- und Treibgut, ja so was gab es auch. Es wurde nur nicht an die große Glocke gehängt, nur hinter vorgehaltener Hand, „Bloß nich wider vertelln!" Den Zolldienst versah Herr Weinkauf – einen Dienstgrad hatte er wohl auch, aber den weiß ich nicht mehr. Seine Hauptdienststelle war der Stammtisch im „Op'n Bulln" – hier spielte er mit Brükkenwärter Lindemann und Appel-Möller (von der Lühe) Skat. Wenn Appel-Möller nicht an der Brücke lag (jetzt meine ich seinen Obstkahn), mußte Kohlmorgen, der Wirt, mitspielen. Diese Spiele gingen

Unsere Tochter Sabine mit Teddy und leichtem Handgepäck (vielleicht auf dem Heimweg von der Tischlerei Schümann, wo es bei Opa ein paar Pfennige für ein Eis oder Bontje gab?) auf der Möllerstreppe.

manchmal bis spät in die Nacht! Dieses wußte an der Blankeneser Küste natürlich jeder, und natürlich auch solche, die diese Gelegenheit ausnutzen wollten.

Zu der Zeit, etwa Sommer 1932, gab es im Deutschen Reich fast sieben Millionen Arbeitslose. Besonders die Seefahrt war schwer betroffen, Hunderte von Schiffen lagen untätig an den Dalben im Hamburger Hafen. So blieb es nicht aus, daß die Blankeneser, ob Kapitän, Steuermann etc., am Strand – vorwiegend am Knüll – herumstanden und Pennskok oder Skat spielten. Alle, oder fast alle, hatten noch irgendwie eine Verbindung zu noch in Fahrt befindlichen Schiffen. Dies war ihre Chance.

Diese Aufnahme aus den 60er Jahren zeigt einen ehemaligen wichtigen Dreh- und Angelpunkt am Strandweg – den Knüll (natürlich noch mit Knüllstehern!). Rechts im Bild die beliebte „Bude" (zu der Zeit geführt von Minna Lindemann).

Wenn so ein Schiff aufkam, meist spät abends oder in der Nacht (dies wurde vor der Reise vereinbart), dann lauerte der „Betreffende" im Schilf von Meyerssand (jetzt Neßsand) in seinem Boot auf das aufkommende Schiff. Der „Betreffende" an Bord warf dann die wasserdicht verpackte „zollfreie Ware" an der Steuerbordseite über

Bord. Diese Seite war ja von Land aus nicht zu sehen. Auffischen und Verschwinden war dann ein Klacks, aber manchmal blieb auch solche „heiße Ware" ungefunden! So etwas mußte auch in diesen Tagen geschehen sein...

Wir, das heißt Fritz und Gerd Lütjens, Steffen Peters und ich, segelten mit der „Herma" nach Meyerssand, um Pompesel zu holen. Die „Herma" war ein sehr gutes und schnelles Segelboot; Eiche-Kraweel tadellos in Schuß – sie war der Augapfel von Vater Lütjens. Als wir uns nun dem östlichen Teil von Meyerssand näherten, sahen wir in einem kleinen Priel eine Riesenkiste treiben.

Was war das? Schnell das Segel runter und hingewriggt. Die Kiste war keine Kiste, sondern ein wasserdicht verpackter Karton, sehr leicht, mit 5.000 Lucky-Strike-Zigaretten! Erstmal nahmen wir den Karton an Bord. Dann, nach kurzer Beratung, kreuzten wir gegen den Ostwind nach Blankenese zurück. Über die Dinge, die uns dort erwarteten, machten wir uns keinerlei Gedanken, wozu auch?

Ahnungslos setzten wir die „Herma" am Knüll an den flachen Strand. Wo kamen auf einmal all die Männer her? Das Boot war von zwanzig bis dreißig Mann umstellt; der Karton aufgerissen, die Zigaretten (immer Stangen zu 200

Stück) verschwanden wie nichts. Alle Männer gingen ruhigen Schrittes, aber mit unförmigen Beinen oder Bäuchen davon. Der Strand war wie leergefegt – wir saßen in der „Herma" mit dem leeren Karton am Strand. Der Karton wurde an den Knüll gestellt, das Boot aufgeklart, an die Boje gebracht und wir gingen nach Hause.

Zöllner Weinkauf hatte aber wohl Wind von der Sache bekommen – einer hatte wohl nichts oder zu wenig abbekommen. Nach vergeblicher Suche landete er zuerst bei Lütjens, bei Schlachter Peters und dann bei uns. Unsere Eltern sollten Zoll und Strafe zahlen, wir waren ja minderjährig. Weinkauf war in eine schwierige Lage geraten. Er konnte von den Abnehmern der Ware niemanden anzeigen, wen denn? Und außerdem mußte er ja auch nachts nach seinem Skatspiel nach Hause!! Die Hausdurchsuchungen der drei Familien verliefen ergebnislos, und für uns gab's mal wieder Ohrfeigen

Richard Klöckner hat einmal einen Kautschukballen aus der Elbe gefischt. Beim Auffischen in sein kleines Boot wäre er fast ertrunken. Belohnung vom Strandvogt: Sieben Reichsmark!

Etwa zur gleichen Zeit kamen Richard und Günter Dormann (Tott, er konnte zu der Zeit noch kein K aussprechen) mit einem großen Mahagoni-Stamm (fünf bis sechs Meter lang und fast zwei

Meter Durchmesser) gegen den Strom angerudert. Sie hatten wohl eine Stunde gebraucht, um diesen Riesenstamm zur Landungsbrücke zu bringen. Dort wurden die beiden schon vom Brückenwärter und seinem Adjuntus erwartet: „Hier festmachen!" usw. Tott rief laut: „Erst mol sehn, wat dat vörn Finnerlohn gift, sonst lot wi em wedder drieben!" Darauf Brückenwärter Lindemann: „Der Stamm muß erst geschätzt werden." Nach Wochen bekamen die beiden, soviel ich weiß, 20 Mark in die Hand gedrückt. Und das für einen Stamm Mahagoni, der mindestens 1.000 bis 2.000 Mark wert war – zu Messerfurnier verarbeitet hätte er noch mehr gebracht!

Ein großes Ereignis war auch die Blankeneser Woche 1932 – in Verbindung mit der Einweihung des Marine-Ehrenmals auf dem Bismarckstein. Schon Wochen vorher wurde gearbeitet, geübt in allen Vereinen und Schulen; alles auf Hochglanz gebracht. Otje Asmussen dichtete das Lied „Oh, mein Blankenese" – nach der Melodie „Santa Lucia" wurde es gesungen.

Das ohnehin immer blitzblanke Blankenese

Auf der Aufnahme sehen Sie die „Herma", auf der ich segeln gelernt habe. Eine wirklich schöne Jolle, mit der wir Jungens – wie auf diesen Seiten beschrieben – auch mal „heiße Ware" vor Meyerssand aufgefischt haben.

legte nun sein Festtagskleid an (die Treppen und Wege wurden zu der Zeit fast täglich gefegt, Papier oder ähnliches wurde nicht weggeworfen; die Eingangsstufen vor der Haustür waren immer sauber geschrubbt), die kleinen oder großen Häuser wurden frisch gekalkt, Fenster und Türen gestrichen, sogar die Obstbäume in den schmukken Vorgärten wurden im Sommer noch einmal unterhalb der Leimringe übergekalkt.

Die Blankeneserinnen sah man in der schönen Festtagstracht, die war noch in so mancher Truhe von den Voreltern aufbewahrt worden. Aus Kiel kamen sogar zwei Torpedoboote der Raubtierklasse zum Flottenbesuch nach Blankenese – sie machten am Bulln fest. Die Offiziere und Mannschaften natürlich in Paradeuniform, P-Jacke usw. nahmen an den Festbällen teil. Da gab's ja noch etliche Tanzsäle in Blankenese: Sagebiel, Süllberg, Krögers Hotel, Johannisburg; gefeiert wurde aber auch in anderen Lokalitäten. Es gab zwei Festumzüge, der eine führte vom Bulln, Elbstraße, Hauptstraße bis zum Lornsenplatz und von der Norderstraße (Oesterley-

Die geteilte Aufnahme von den Seiten 54/55 zeigt den Hamburg-Amerika-Liner „Deutschland", der aufkommt. An der Innenkante vom Bulln liegt ganz links Appel-Möllers Kahn, wo man sogar ein wenig die Verkaufsplattform für sein Obst erkennen kann.

straße) bis zum Bismarckstein. Dort wurde das Ehrenmal für die Marine eingeweiht. Ein großer Granitstein mit Kupferplatte sowie der große Signalmast – alles feierlich mit Musik und viel Tamtam. Der zweite Umzug war eine Woche später. Natürlich größer; da nahmen Schulen, Turnverein, Feuerwehr, BSC (Blankeneser Segelclub), Gesangsverein, Spielmannszüge usw. teil. Danach war es dann bald wieder Alltag in Blankenese.

Wir Jungens hatten aber immer wieder Gelegenheiten, etwas auszufressen; zum Beispiel „Nusch-Sammeln". Damals gab es auch schon eine Müllabfuhr, hieß aber Aschwagen, weil meistens nur Asche in den Eimern war. Alle Dinge, die man vielleicht auch schweren Herzens wieder los sein wollte, stellte man daneben. So ein Abstellplatz war auch beim Bäcker Adametz (Ecke Sandberg/Elbstraße). Diese Ecke lag an unserem Schulweg zum Kahlkamp.

Eines Morgens, als ich zur Schule gehen wollte, waren dort schon einige Jungs am Sortieren. Das war ja sehr spannend, denn unter vielen anderen Dingen lagen da mindestens zehn bis zwölf ausgestopfte Vögel, etwas arg zerzaust, aber noch mitzunehmen für den Naturkunde-Unterricht (bei Lehrer Brucks).

Zu Beginn der Naturkunde-Stunde stellten wir unsere Beute vorn im Klassenzimmer auf.

Dann kam Lehrer Brucks, sah die Vögel und fiel fast in Ohnmacht. Ein Heidenspektakel, wir sollten die Vögel sofort wieder wegbringen. Am Tag zuvor hatte er die wirklich zerrupften Vögel aus der Schulsammlung genommen und auf den Müll gebracht. Na egal, die Stunde war somit schnell vorbei.

Paul Süßmann und Jonni Glüsing hatten einmal bei einem ähnlichen Inspektionsgang eine alte gußeiserne, emaillierte Badewanne gefunden. Was tun? Beide schoben und schleppten das Ding bis zum Strand unterhalb des Bulln. Schnell hatten sich dann auch noch ein paar Jungens angefunden, um mitzuwirken. Ein Mast, etwa zwei Meter lang, kam ins Ausflußrohr. Am oberen Ende des Mastes kam eine Rah und daran als Rahsegel eine gefundene, alte Wolldecke. Nun hatte die Badewanne ein etwas primitives Rigg bekommen und die Reise konnte beginnen.

Rudi Harmstorf als „Moses" in einer Waschbalje. Die Blankeneser Jungs waren recht einfallsreich, wenn es darum ging, auf der Elbe rumzuschippern, sei es in einer Wasch-balje, Badewanne, auf einer Eisscholle oder ähnlichem.

Nachdem wir geprüft hatten, wieviel Besatzung an Bord ging, mußte ich wegen des großen Tiefgangs (Gottseidank!) wieder aussteigen. Jonni und Paul segelten los. Erst ging es ganz gut im Lee (windabgwandte Seite) der Brücke – sie hatten etwa 16 bis 20 Zentimeter Freibord, und dort war das Wasser noch ziemlich ruhig. Als sie aber die westlichen Duckdalben rundeten, begann das Theater. Dort lag nämlich der Raddampfer „Hansa". Dieser wollte gerade ablegen und machte mit den Schaufelrädern erst ein paar Törns zurück und dann voraus.

Ja, nun kamen einige größere Wellen und schwappten in die stolze Wanne, diese sank sofort auf ebenem Kiel. Paul und Jonni konnten sich mit großer Mühe an dem Gestänge des Radkastens festhalten. Die „Hansa" stoppte bald und machte nochmals fest. Jonni und Paul wurden an Bord gezogen; der Schipper fragte Brückenwärter Lindemann: „Wat schall ick mit jüm moken?"„Ophangen und dräugen!" war seine Antwort.

Karbid, welcher Junge hat zu der Zeit nicht mal mit Karbid experimentiert? Am Strand war ein großes Eisenblechfaß angetrieben und zwar ganz in der Nähe der Brücke. Wir rollten es bis unter den Brückensteg, denn hier war das Ufer am steilsten. Es ging mit fast 40 Grad steil hinab, und etwas dunkler war es hier auch!

Unser Plan war, das Faß mit Wasser fast voll zu füllen und dann Karbid hinzu, wieder verschließen (es war ein Ölfaß, der Verschluß ging leicht auf) und unsere Mine war fertig!

Karbidfässer standen bei den Schlossermeistern meistens auf dem Hof – so auch bei Schlossermeister von Appen am Strandweg. Nach mehrmaligem Anschleichen hatten wir die nötige Menge Karbid geklaut. Nun mußte es schnell gehen. Karbid einfüllen, den Verschluß schnell zudrehen, das war eins. Dann rollten wir das Faß ins Wasser; es verschwand sofort, und es passierte gar nichts. Wir hatten das Faß bei Steilebbe ins Wasser gerollt und nun fing es an zu fluten. Wir spielten noch eine Zeitlang und hatten das Faß schon fast vergessen.

Da, ein dumpfer Knall! Kohlmorgen, der Wirt vom „Op'n Bulln", Kalli, der Kellner, Lindemann und Weinkauf, der Zöllner, kamen aus der Gaststätte gerannt, was war da los? Dann kam der Karbidgeruch, wir feixten innerlich, sonst ließen wir uns nichts anmerken. Die vier Herren diskutierten, was das wohl gewesen war, sie waren noch ganz blaß. Kalli hatte ein Tablett mit Getränken fallen lassen vor Schreck, auch sollen einige Biergläser kaputt gegangen sein.

In Wirklichkeit kann gar nichts passiert sein, die vier Herren haben am Stammtisch noch einiges dazu gedichtet. Später, während meiner Dienstzeit bei der Minensuch, konnte ich sehen, welche Ladungen nötig sind, um einem Schiff den Kiel zu brechen. Unsere zwei bis drei Kilo Karbid hatten lediglich das Faß an einer

schwachen Stelle zum Platzen gebracht, daher der dumpfe Knall.

Um Pfingsten herum blühte meist der Flieder, und es gab in Blankenese sehr viel Flieder. Der einfache stand meist an den Südhängen unter dem Süllberg, bei Sagebiel und am Katzenberg, letzterer war nur von der Grube aus zu erreichen. Die echten, doppelten Syringen, wie wir sie in Blankenese nannten, waren in den Gärten zu finden. Diese Syringen wurden meistens abends von uns Jungen geklaut, in einen Wassereimer gesteckt und am anderen Tag an Passanten verkauft. „Syringen gefällig", so haben wir unser Taschengeld aufgebessert, um im Blankeneser Kino am Sonntag für 30 Pfennige einen Stummfilm mit Klavier und Geige zu sehen – meistens Tom-Mix-Filme.

So sahen der alte Anleger und die Gaststätte „Op'n Bulln" in den 50er/ 60er Jahren aus. In der Ecke (Fenster links neben dem Eingang) des originellen und wirklich gemütlichen Bulln war der Stammtisch der Kap Horniers.

Vom Frühjahr bis in den späten Herbst lag an der westlichen Innenkante vom Bulln Appel-Möller mit seinem Boot. Das Schiff, etwa sieben bis acht Meter lang, aus Eiche gebaut mit einem Jastram Diesel-Motor angetrieben und einer kleinen Kajüte,

Kochecke und Weinlager (Kirsch-, Johannis- und Stachelbeerwein – sehr zu empfehlen und mit einer schnellen Wirkung in jeder Hinsicht). Appel-Möller kam von der Lühe, er verkaufte vom Schiff aus an die Blankeneser Hausfrauen das gute Altländer Obst.

Wenn von den Frauen größere Mengen gekauft wurden, halfen wir diese nach Hause zu tragen. Während der Kirschenzeit mußte er öfters, wenn er ausverkauft war, von der Lühe Nachschub bestellen. Dieser Nachschub kam dann abends mit einem Obstkahn von der Lühe die Elbe hinauf, der wollte zum Markt am anderen Morgen am Meßberg. Möller legte vom Bulln ab, nahm zwei oder drei Jungens von uns mit, und fuhr dem Obstkahn entgegen. Während der Fahrt gingen wir Backbord längsseits, machten am Obstkahn mit einer Vorleine fest und übernahmen die frischen Kirschen und sonstiges Obst.

Auf der Rückfahrt machten wir uns heimlich über die Kirschen her, wie die schmeckten! In seiner kleinen Bordküche war ein zierliches Holzbeil, darauf war Heinz Eggert scharf „son richtig schönes Indianerbeil!" – Möller hatte es aber immer gut versteckt. Nur der Obstwein war vor uns nicht sicher. Bei Steilebbe konnten wir mit einem Arm durch das zum Lüften geöffnete Bullauge in sein Weinlager greifen. Auswahl hatten wir dabei nicht, was oben lag, mußten wir nehmen.

Einmal haben wir mit fünf oder sechs Jungen zwei erbeutete Flaschen am Viereck ausgetrunken. Welche Sorte es war, weiß ich nicht mehr. Erst war es sehr gemütlich, dann wurde uns schlecht, sehr schlecht sogar. Das war ja klar: Erst frisches Obst gegessen und dann der köpfende Obstwein hinterher. Nachdem wir dies nun in anderer Form wieder von uns gegeben hatten, lagen wir wie chloroformiert im Sand und schliefen! Dieser Rausch war so umwerfend für uns, wir haben nie mehr Verlangen nach Obstwein gehabt, ich bis heute nicht!

In Blankenese gab es mehrere Jugendverbände: Pfadfinder, SDAJ, Scharnhost usw. – eine Hitlerjugend gab es erst seit 1931. So im Herbst 1928 trat ich in den „Scharnhorst" ein. Der Scharnhorst war ein Jugendverband vom „Stahlhelm". Wir waren wohl 20 Mitglieder, an einige kann ich mich sehr gut erinnern: Olaf und Gunnar Parmann (beide in Rußland gefallen), Horst Lutteroth und Günter Spangenberg („Spicki"). Geleitet wurde der „Scharnhorst" in Blankenese von Hauptmann a.D. Dölling, Sülldorfer Kirchenweg, in seiner Wohnung fanden auch die Heimabende statt. Der „Scharnhorst" war ganz auf Preußen eingestellt, unser Wappen auf dem linken Hemdsärmel, schwarz mit weißem Kreuz.

Wir machten Geländespiele, Lagerfeuer, zelteten usw. Einmal fuhren wir für zwei Tage nach

Kiel und waren Gäste auf dem Leichten Kreuzer „Leipzig" – für uns war das ein großes Erlebnis. Wir schliefen im Panzerdeck A in den Hängematten. Morgens beim Wecken zurrten die Matrosen unsere Hängematten mit, und uns wurde vieles gezeigt und erklärt. Behalten habe ich fast nichts, nur das eine: Man konnte vom Deck der „Leipzig" bis auf den Grund der Kieler Förde sehen, Seesterne klar erkennen, das bei sieben bis acht Metern Wassertiefe! Als wir von Bord gingen, Hauptmann Dölling hatte seine Offiziersuniform an, wurde Seite gepfiffen.

Nach Hauptmann Dölling wurde Ex-Rittmeister Wolff unser „Scharnhorst"-Leiter; er hatte aus dem Ersten Weltkrieg eine schwere Rückenverwundung und konnte seinen Tornister nur mit einem Schutzgestell tragen. Die größeren Jungen von uns trugen seinen „Affen" aber oft freiwillig mit. Er war ein hervorragender Mann; später wurde er General des Luftgaukommando 11, jetzt Führungsakademie in Blankenese. Politik wurde überhaupt nicht betrieben!

Auf der Eingangstreppe der Gorck-Fock-Schule unser Jahrgang 1936 mit Rektor Traugott Diercks. Ein Bild, auf dem bestimmt viele Blankeneser Verwandte, Freunde oder Nachbarn wiedererkennen werden.

So um 1930 herum hatte sich eine kleine

Schar Hitlerjugend gebildet, der Scharführer war Rolf Werner. Von Nico hörte ich des öfteren davon, es waren zehn oder zwölf Jungen, Namen nenne ich in diesem Fall nicht. Jedenfalls bin ich 1931 in die HJ eingetreten. Es war fast wie im „Scharnhorst", auch wir verbrachten unsere Heimabende in Privatwohnungen!

Nur die vorher erwähnte SDAJ (Sozialdemokratische Arbeiter-Jugend) hatte ein Heim im Arbeitsamt Sibbertstraße. Ganz ohne Skrupel wurde zu der Zeit genehmen Organisationen öffentlicher Raum gestellt. Was soll's, wer das Kreuz hat, segnet sich zuerst. 1932 nahm auch die Blankeneser HJ an einem Aufmarsch in Altona teil (Blutsonntag). Die Aufstellung war ganz in der Nähe vom Stuhlmannbrunnen am Altonaer Bahnhof – wir von der HJ kamen ganz ans Ende (Gottseidank!), dann ging es mit klingendem Spiel die Große Bergstraße entlang. Kurz vor der Hamburger Stadtgrenze (dort, wo die Königstraße einmündet) sah man auf den Dächern Gestalten herumstehen und hantieren. Plötzlich Schüsse, MG-Salven von den Dächern in den Aufmarsch hinein, zwei Polizisten (Koch und Büdig) und andere wurden aus dem Hinterhalt erschossen.

Wir von der HJ wurden sofort unter Polizeischutz zum Altonaer Bahnhof zurückgebracht. Von dort fuhren wir mit der S-Bahn nach Blankenese nach Hause; hier herrschten Frieden und Sonnenschein. Übrigens hieß es damals nicht S-Bahn, sondern Vorortsbahn (Elektrische Oberleitung). Der Stand von etwa einem Dutzend HJ-Mitgliedern hielt sich bis zum März 1933, dann kamen die Macher. Jeder wollte in die Hitler-Jugend; niemand wurde gezwungen – die größten Angeber und Schreier wollten HJ-Führer werden.

Da waren wir nun eingekesselt von zig Leuten – alles drängte in die HJ. Leute, die sich sonst etwas davon versprachen und die auch Führer in der HJ wurden. In Wirklichkeit waren es Chancen-Ritter, Rabauken etc. Wegen der Arroganz und Überheblichkeit dieser Leute bin ich 1936 einfach so nicht mehr zum Dienst gegangen. Niemand hat mich mehr belästigt, diese Leute strebten nach höheren Graden – von einem wurde ich mal folgendermaßen angesprochen: „Oh, du bist der ominöse Studt". Ich wußte gar nicht, was das bedeutete, habe mich nur umgedreht und bin weggegangen. Das war meine politische Vergangenheit.

Einmal, im Jahr 1935, durften wir die schweren M-HJ-Kutter (ausrangierte Marinekutter) mit halber Besatzung von Blankenese bis Schwanenwyk an der Alster bringen. Wer die Strecke einmal gerudert ist, weiß, wovon ich spreche. Dort, an der Alster angekommen, hieß es: „Nun kommt Ihr endlich, hier sind die Fahrkarten für Eure

Rückfahrt." An der Regatta selbst durften wir nicht teilnehmen, das machten die neuen Herren selber. Nach dem Kriege wußten sie nicht einmal, wie Hitler geschrieben wird! Nun ja, auch diese Zeit ging vorüber und am 1. April 1936 begann meine Zimmermannslehre, somit war die Kinder- und Schulzeit vorbei.

Bevor ich diese Kapitel Jugendzeit beende, möchte ich aber doch noch von einigen Besonderheiten und Originalen in Blankenese erzählen. In den damaligen Jahren legte einmal wöchentlich ein Fischkutter an der Brücke an. Kurz nach dem Festmachen lief dann ein Junge durch das Treppenviertel und rief, je nachdem ob es Schollen oder Butt gab: „Holt labendige Schulln von de Damperbrüch, holt welk!".

Für dieses Ausrufen bekam er dann Schollen oder Butt umsonst (ganz ja auch nicht, er mußte genug laufen dafür). Nun kamen aus vielen Häusern Frauen, Mädchen und Jungs zur Brücke gelaufen und holten in Eimern oder Körben die wirklich fangfrischen Fische. Das Stieg (20 Stück) kostete etwa zwei Reichsmark. Dann roch es aus vielen Küchen in Blankenese zum Mittagessen nach gebratenen Schollen oder Butt.

Bei den Familien, wo die Väter oder Söhne noch in der Seefischerei tätig waren, brachten alle nach jeder Reise den Deputatfisch mit. Den

Fisch nannten sie Mattgut, immer extra feiner Fisch! Dies war auch bei Dohrmanns so. Vater Hein Dohrmann fuhr als Fischdampferkapitän, und auch drei seiner Söhne waren in der Seefischerei.

Wenn einer von ihnen von See kam, mußten Günter, mein Schulkamerad, oder seine Schwester Helga, schnell zu Bäcker Lindemann laufen und für drei Reichsmark Groschenstückchen holen, das waren allerlei kleine Kuchenstücke mit Sahne, Zuckerguß oder Marzipan. Die Seefischer bekamen zu der Zeit auf See meistens nur Fisch zu essen.

Dohrmanns wohnten Ecke Möllerstreppe/Carlstraße, und nebenbei hatten sie noch einen Pavillon im Vorgarten am Knüll, dort gab es Rauchwaren, Bontjes usw. Durch meine Freundschaft mit Günter Dohrmann wurde ich öfters zum Fischessen miteingeladen (wo sollten die auch mit all dem Fisch hin?).

Wenn alle Dohrmanns anwesend waren, zwei Töchter und vier Söhne, dann war das schon ein großer Tisch. Wenn nun zum Beispiel Schollen aufgetischt wurden, dann gab es auch nur Schollen. Frau Dohrmann rief erst zu Tisch, wenn sie mindestens 15 bis 20 Stück gebraten hatte. Die erwachsenen Männer aßen jeder sechs bis sieben Schollen. Nach dem Essen, meine

Mutter wußte Bescheid, bekam ich immer noch frischen Fisch für zu Hause mit.

Unsere Eltern waren auch befreundet und machten vieles gemeinsam, so auch das Bickbeerenpflücken, an diesem Pflücken waren dann auch Behrmanns (Wilhelm und Grete) beteiligt. Junge, da gab's immer viel zu Lachen. Meine Mutter konnte alle in Schwung halten, und meinem Vater war das nicht immer Recht.

Mein Vater hatte 1932 oder 1933 die Zimmerarbeiten für zwei Neubauten an der Süllbergsterrasse bekommen. Das eine davon war der Neubau für John Breckwoldt (Krämer) auf dem Grundstück „Westfahls Cafégarten", die Ecke, wo es zur Rutsch und Sechslingstreppe hinuntergeht. Fast zur gleichen Zeit wurde auf dem Nachbargrundstück der „Engelsburg" (jetzt Otto Waalkes Heimstatt) das Wohnhaus für Kapitän Welker gebaut.

Den Abbund für die Dächer oder Dachstühle der beiden Neubauten machte mein Vater an Ort und Stelle, somit lag auch das gesamte Bauholz dort. Nach dem Richtfest der beiden Häuser sollten nun die Dächer eingedeckt werden. Das Breckwoldt'sche Haus war ein flaches Walmdach und wurde mit Rauhspund versehen, das Welker'sche mit Dachlatten für die Ziegelauflage. Vom Sägewerk in Pinneberg waren diese Bretter und Latten angeliefert worden (mit dem Pferdefuhrwerk) und lagen bei Breckwoldt aufgestapelt. Aber so schnell konnte mein Vater gar nicht arbeiten, die Bretter oder Latten waren jeden Morgen weniger. Wer war das? Hier wohnten doch nur ehrliche Leute, mein Vater war am Verzweifeln! Da meinte meine Mutter: „Hein, leg dich mal auf die Lauer!"

Gesagt, getan. Mein Vater saß hinter einem Busch, so morgens um 4.00 Uhr etwa. Nun ging's los: So nach einer knappen Stunde erschien Kuddel Schmalfeld, ein alter Maurer. Er war als Flickmaurer immer mit seiner Schubkarre unterwegs. Als Kuddel einen Sack Zement auf seine Karre ludt (Sörensen war Hauptlieferant), sprang mein Vater aus seinem Versteck hervor. Kuddel ließ den Sack vor Schreck fallen und rief, schlotternd auf seinen krummen Beinen stehend, „Hein, do mi nix, dat weer Hannes W., de kummt glieks de Rutsch hoch!" Mein Vater nahm Kuddel als Geisel und Zeugen, nun saßen beide hinter dem Busch.

Nach kurzer Zeit erschien Hannes W. Er hatte ein kurzes Tau bei sich; dieses machte er mit einem halben Schlag um zwei Bund Dachlatten fest (zwölf Latten à fünf Meter) und wollte damit abziehen. Er wollte, aber dann kam mein Vater wie Blücher aus dem Busch: „Herr W., um 10.00 Uhr ist mein Holz wieder hier oben", weiter kam mein Vater nicht. Die Antwort von W.: „Das

Holz gehört meinem Schwiegersohn!" Nun platzte Vater der Kragen; „So, dann gehen wir dort mal hin und anschließend zur Polizei!" Das genügte und einige Zeit später erschien Henry Dohrn mit seinem Fuhrwerk mit dem geklauten Holz und meinte: „Hein, schönen Gruß von Kapitän W., ich soll das verkehrt gelieferte Holz bringen." Also sollte mein Vater auch noch den Fuhrlohn bezahlen, das hat er sich später mit etlichem Aufschlag wiedergeholt.

Dieser W., bleiben wir dabei, wollte auf seinem Grundstück am Strandweg ein neues Bollwerk (Stützmauer) bauen. Zu gleicher Zeit besserte Strom- und Hafenbau das lange Leitstack aus und hierbei waren viele quadratische Granitsteine verbaut worden.

Wir, das heißt etliche Jungens spielten am Viereck. Da erschien W. „Jungs, wollt Ihr Euch ein paar Mark verdienen?" Er zeigte uns die begehrten Steine am Leitdamm, nur diese wolle er haben. Diese wogen fast einen Zentner! Acht bis zehn Stück hatten wir mit viel Mühe vom Stack über den Strand und Strandweg in seinen Garten geschafft. Stücklohn 50 Pfennig.

So ging es einige Tage, aber es gab überall Augen. Beliebt war er in seiner Nachbarschaft bestimmt nicht, sonst wären die Herren vom Strom- und Hafenbau ja nicht bei ihm erschienen. Kurz und gut; W. kam wieder zu uns zum Viereck. Der gleiche Spruch, nur der umgekehrte Weg und von uns in die Höhe getrieben. Der Bollwerkbau wurde von Herrn W. nie weiterbetrieben.

In diesem Zusammenhang muß ich doch noch einiges über Kuddel Schmalfeld erzählen. Kuddel wohnte mit seiner Frau im ersten Haus (Kate, reetgedeckt) rechter Hand an der Elbterrasse auf dem Flörsheimschen Grundstück (1932 an Rittmeyer verkauft).

Er führte kleinere Maurerarbeiten aus, gerade soviel, wie ein oder zwei Schubkarren an Material faßten. Dieses Material besorgte er sich auf größeren Baustellen, vorwiegend bei Christian Sörensen, oft stillschweigend vom jeweiligen Polier geduldet. Kuddel hatte O-Beine und war von kleiner, gedrungener Gestalt. Willy Schuldt, vom Kaffeegarten Schuldt, sagte immer: „Kuddel, wenn du diene Büxen dräugen wullt, denn muß du de öbern Fatt hangen!"

Zu der Zeit hatte man in Blankenese folgende Transportmittel: Die Dracht, ein aus Lindenholz gefertigtes Schulterholz, an jeder Seite mit einer dünnen Kette oder Leine, zum Tragen der Eimer bestimmt. Dann kamen die hölzerne Schubkarre und die Schottsche Karre, diese mit zwei großen Rädern und einer oder zwei Schubstangen.

Werktags liefen die Männer auf Holzpantinen, die blieben beim Betreten eines Hauses vor der Tür stehen. Die ganz reichen Herrschaften in Blankenese, wie Richter vom Bismarckstein oder Schinkel von der Norderstraße, fuhren morgens mit der gummibereiften Kutsche ins Büro nach Hamburg – natürlich zweispännig. Richters hatten vier, Schinkels sogar sechs Kutschpferde im Stall und dementsprechend Kutschen in der Remise.

Alle anderen Transporte, ob Möbel, Baumaterial, Fracht oder Lebensmittel, wurden mit Pferdekraft gezogen – manchmal ein sehr gefährliches Unternehmen auf dem Kopfsteinpflaster in den steilen Straßen. Dann mußten Hemmschuhe unter die Hinterräder gelegt werden, und wenn es bergan ging, knallten die Fuhrmannspeitschen. Bei einigen Gastwirtschaften in Blankenese war ein sogenannter Ausspann – die Kutscher saßen in der Gastwirtschaft und die Pferde standen in den Sielen vor dem Haferkasten, daneben den Wassereimer zum Saufen. Wenn die Blankeneser Lokalitäten sich auf eine Biersorte geeinigt hätten,

Auch eine uralte Gaststätte (ex Johannes Madsen, Pfahlewer) – immer noch in Familienbesitz der Familie Madsen – kurz vor der „Kreuzung" Blankeneser Hauptstraße, Kahlkamp und am Eiland.

dann hätten sich nicht vier oder fünf Brauereigespanne in den steilen Straßen auf- und abzuquälen brauchen!

Die Freiwillige Feuerwehr hatte auf der Wache an der Landstraße keine Pferde. Die stellte Janotte für den oberen Teil Blankeneses, fürs Treppenviertel standen Pferde in der Fuk am unteren Ende des Sandbergs bei Röttger im Stall. Feueralarm wurde mit dem Horn gegeben. Die meisten Brände gab es im Winter, wenn Reetdächer durch Funkenflug in Brand gerieten. So auch in dem sehr harten Winter 1928/29. Wir hatten wochenlang über 20 Grad Frost, alle Wasserleitungen waren eingefroren. An den Wasserpumpen standen lange Warteschlangen, oft ging das Wasser an den Pumpen aus, so daß man noch länger warten mußte.

In welchem Monat des Winters es war, weiß ich nicht mehr. Jedenfalls hörte man das Feuerhorn durch die kleinen Täler in Blankenese hallen! Dann nach kurzer Zeit kam die Feuerwehr den Sandberg hinunter und strebte der Elbe zu. In Windeseile ging es von Haus zu Haus: „Am Strandweg brennen zwei Reethäuser!" Alles machte sich auf die Beine zum Feuer, wir Jungens natürlich auch. Den warmen Wintermantel, Pudelmütze und Fausthandschuhe angezogen und dann im Trab über die Süllbergsterrasse und Rutsch runter zum Strand. An der

Rutsch konnten wir den Feuerschein und Qualm schon sehen, aber wegen des Ostwindes bemerkten wir noch keinen Brandgeruch.

Unten angekommen, sahen wir unsere Freiwillige Feuerwehr den Brand bekämpfen. Der Pumpenwagen stand am Strandweg, von ihm aus gingen zwei dicke Schläuche bis in die Elbe. Sie saugten das Wasser zum Löschen auf und drückten es durch mehrere dünne Schläuche an die Brandherde heran. Mittlerweile standen schon vier Häuser in Flammen, ein schauriger Anblick.

Der Brand hatte hinter Emil von Appen seinen Anfang genommen – wahrscheinlich war aus dem großen Schornstein der Restaurantküche (jetzt „Zum Leuchtturm") ein Funke auf das westlich gelegene Reetdach geflogen und hatte dies in Brand gesetzt. Das Wasser aus der Elbe fror öfter vor den Ansaugstutzen, so daß diese immer wieder freigemacht werden mußten.

Endlich nahte nun die Altonaer Feuerwehr zur Verstärkung der nun schon mehreren Freiwilligen Wehren aus Nienstedten und Rissen, die den Brand bekämpfen wollten! Aber die Altonaer konnten wohl alles besser. Feuerwehroffiziere (Altona hatte eine Berufsfeuerwehr) ritten hoch zu Roß am Strand und Strandweg umher, riefen laute Befehle, richteten aber sonst wenig aus. Mittlerweile brannte schon das siebte Haus.

Die armen Bewohner bei dieser Kälte, fast alles Hab und Gut verbrannt oder vom Löschwasser beschädigt, hatten sozusagen nur das nackte Leben gerettet. Diese sieben Häuser lagen nicht immer nebeneinander, sondern pfannengedeckte Häuser dazwischen blieben unbeschädigt. Die nun Obdachlosen wurden von Nachbarn, Freunden oder Verwandten aufgenommen. Alle Häuser brannten bis auf die Keller nieder, trotz der Altonaer Feuerwehr, die sich, nachdem was man so hörte, nicht gerade um eine Zusammenarbeit mit den Freiwilligen bemühte. Sie soll sogar mehr gestört als geholfen haben.

Wer weiß dies nach so langer Zeit überhaupt noch? Ob mit oder ohne Altona, die Häuser standen nicht mehr! Übrigens, Altona war bei den Blankenesern nicht beliebt. Seit der Eingemeindung der Elbgemeinden nannte Altona sich „Altona, die Stadt der Parks" – die hatten mit uns einen guten Schnitt gemacht. Blankenese zählte zu den reichsten Gemeinden Schleswig-Holsteins. Allein das Gemeinde-

Tja, Schnee mußte gefegt werden – im Treppenviertel oft mühsam. Die Aufnahme aus den 60er Jahren zeigt meine Frau Anni und unsere Nachbarinnen Frau Elise Reiczug und Gerda Aesemann (mit Besen!).

eigentum an Parkanlagen war schon zu der Zeit Millionen wert, für den damaligen Bürgermeister Max Brauer ein gefundenes Fressen.

Als erstes wurden die Randgrundstücke vom Bauers-, Hesse- und Goßlerpark verkauft. Dann kam auch noch die EWU (Elektrizitätswerk Unterelbe, jetzt HEW) an die Reihe, das Werk in Schulau wurde von einer Bank in Chicago beliehen. Dies kam aber erst 1945 ans Tageslicht – die Amerikaner wiesen mit einem Schild am Werk Schulau auf ihr Eigentum hin.

Überhaupt, mit der Sparsamkeit war es nun vorbei in Blankenese. Zuvor hatten wir einen Ortsvorsteher, einen Kassenverwalter (Kämmerer) und noch zwei oder drei Herren, im Gemeindedienst, doch jetzt kam der Bürokratismus nach Blankenese. In allen Herrenhäusern Blankeneses sitzen sie heute noch, und kommen selbst damit nicht aus! Gewiß, wenn man vor der Eingemeindung mal etwas Amtliches wollte, dann mußte man vielleicht einmal im Jahr nach Pinneberg. Was aber meist nicht nötig war, da alle 14 Tage, glaube ich, ein Beamter nach Blankenese kam und hier beim Gemeindevorsteher Sprechstunde hatte. Soviel Papierkram und Formulare gab's da nicht. Wenn man sich die alten Anträge so anschaut, wurde das meiste vor Ort geregelt, es sei denn, es handelte sich um eine große Angelegenheit.

Dann war es ja auch so, daß jeder jeden kannte und man ein großes Vertrauen auf die Ehrlichkeit der Mitbewohner hatte. An mancher Haustür war ein Zettel angeheftet, wenn man eine kurze Besorgung machen wollte: „Bin gleich wieder da, der Schlüssel liegt unter der Matte." Ein anderes Beispiel: Am Bahnhof standen manchmal zwei oder drei Fahrräder unangeschlossen. Seeleute aus dem Ort hatten damit den schweren Seesack zum Bahnhof transportiert. Wenn sie nach Monaten zurückkamen, stand das Rad immer noch dort, obwohl es mitunter auch mal ausgeliehen wurde!

Nur wenn Zigeuner im Ort waren, dann sprach sich dies schnell herum. Die Türen blieben verschlossen, und die Wäsche wurde von der Leine gehängt – sicher ist sicher! Das war nun mal so, obwohl es auch noch genügend andere Ganoven gab.

Wie schon gesagt, meine Mutter war Rheinländerin und wie fast alle, die dort herkamen, katholisch. Mein Vater und wir Jungens, Heini und ich, evangelisch. Aber meine Mutter legte, soviel ich weiß, keinen großen Wert darauf, war aber sehr gottgläubig. Eines Tages 1931, die katholische Kirche „Maria Grün" war gerade eingeweiht worden, erschien bei uns am Süllberg der Pfarrer dieser Kirche in schwarzer Soutane. Mein Bruder und ich waren gerade bei den Hausaufgaben, da sprach er zu meiner Mutter: „Liebe Schwester in Christo, Du lebst in einer sündigen Ehe..." Meine Mutter erwiderte nur: „Herr Pfarrer, sagen Sie dies alles bitte meinem Mann, der kommt so gegen sechs Uhr (18.00 Uhr nach neuer Zeit) von seiner Arbeit."

Mein Vater aber kam, das wußte meine Mutter, schon um halb sechs nach Hause und wurde von meiner Mutter eingeweiht. Der Pfarrer kam, haspelte seine Sätze herunter. Da stand mein Vater auf in voller Größe, der Pfarrer schürzte die Soutane, rannte voller Angst aus der Wohnung und mein Vater mit einer Latte drohend hinterher. Seither kam nie wieder ein Pfarrer zu uns.

So ein-, zweimal in der Woche trafen sich die Nachbarsfrauen, Paula Prigge, Irma Stehr „Tüü" und Nelly Fischer, rein zufällig bei Stehrs in der Küche. Da wurde erzählt über Gott und die Welt, alles, was Frauen sich so zu erzählen haben. Bei diesem Erzählen – es konnte Stunden dauern – drückte ja auch mal die Blase. Um lästige Pausen zu vermeiden, hieß es dann: „Och Anna, geh man auf den Handstein..."

Tja, das war einmal Nachspülen! Natürlich dabei waren auch die Neuigkeiten aus der Nachbarschaft; „Hest du all hört?" Ja, die Nachbarschaft: Stehrs hatten in der ersten Etage an von

Klausewitz vermietet. Ein ruhiges Ehepaar mit Sohn und Tochter Cornelia. Sie war ein sogenanntes spätes Mädchen, aber sonst ganz nett. Die Sache, die ich nun darüber erzähle, durfte ich nur am Rande miterleben, ich war noch zu klein!

Der Sonnabend ist wohl in allen deutschen Landen der Tag oder Abend der Generalreinigung – den Badeofen, ob mit Holz oder Briketts angeheizt, und dann ging's los. So auch bei Klausewitz, erst Vater, Mutter und Sohn, alle der Reihe nach, zuletzt Cornelia. Als letzte brauchte sie sich ja nicht zu beeilen!

Dies hatte sich bei den älteren jungen Männern (18 bis 19 Jahre) vom Süllberg so unter der Hand herumgesprochen. Klaus Stehr, Paul und Gustav Prigge sowie Georg Ziegler trafen sich im Zwetschgenbaum, der genau gegenüber dem Badefenster lag. Sie saßen Loge in den oberen Ästen und konnten Cornelia in voller Schönheit durch das wegen der Hitze geöffnete Oberlicht betrachten! Diese allwöchentliche Belastung hielt das Bäumchen jedoch nicht aus. Eines Sonnabends krachten die Jünglinge mit den abgebrochenen Ästen zusammen. Ende der Vorstellung!

Es war Pfingstsonntagvormittag 1932. Die Syringen blühten bei schönstem Sonnenschein. Wir wollten am Nachmittag den abends zuvor geklauten Flieder an die in großer Zahl zum Süllberg strebenden Touristen verkaufen. Nun standen wir drei oder vier Jungen an der Ecke Süllbergsterrasse/Bornholdtstreppe. Nico spielte mit einem Angelhaken an einer kurzen Schnur. Neugierig kamen auch ein paar Mädchen aus der Nachbarschaft, sie wollten wohl die schönen Sommerkleider vorführen – Christa Möller, Vera Nielsen und Lore Leip (Tochter von Hans Leip). Nico ließ die Angel so durch die Luft schwirren; Lore Leip trat wohl versehentlich einen Schritt vor und schwupp, hatte der Haken eine Sieben ins neue Kleid gerissen.

Lore rannte heulend nach Hause. Nico war leise verschwunden. Nun stand ich noch da mit Oschi Stehr. Oschi hatte das Unglück wohl kommen sehen und lief auch nach Hause, aber das Unglück war schon da; Hans Leip in voller Größe. Ganz schnell hatte ich einige Backpfeifen, und dann zog der Poet von dannen! Ja, den letzten beißen die Hunde, ein Opfer mußte Leip ja finden. Bis vor zwei Jahren habe ich kein Buch (ich lese gern) von Hans Leip angesehen – ich habe mir auch keines gewünscht. Na, ja, man muß vergessen und vergeben können.

Am Süllberg gab es noch einige kauzige Mitmenschen, wie Großvater Asmussen, bei ihm stand der geschmückte Weihnachtsbaum noch bis nach Ostern. Oder Vadder Jansen, ein

Fischer im Ruhestand. Der lief früh am Morgen zum Altonaer Seefischmarkt und schnorrte bei seinen Fischerfreunden einige Schollen oder Butt. Diese kamen in eine ausrangierte Fischkiste und ab nach Blankenese damit. An einem Strick zog er die Kiste längs der Elbchaussee, die Fische hatten ganz schön gelitten.

Mit dem Ruf „Bütt, labende Bütt" versuchte er, sie zu verkaufen. Um sein Haus zu streichen, ging er zu Krämer Breckwoldt und holte einige Pfund Senf, diesen vermischte er mit Leinöl, und mit dieser Mischung bemalte er sein Haus an der Süllbergsterrasse – noch lange nach dem Zweiten Weltkrieg konnte man sein Werk betrachten. Später – er hatte sich mit seiner Frau gezankt – blieb er Jahre im Bett und ließ sich bedienen. Aus Trotz war er krank geworden.

Wie viele Leute in Blankenese hielten auch wir uns einige Hühner – vier oder fünf Stück Rhodeländer waren es. Hühnerfutter wurde aus der Ihlenfeldschen Mühle am Schiernholt geholt; das war immer ein Ereignis, wenn ich dorthin mußte. Bei Ihlenfeld gab's viel zu sehen. Erstmal die große Schrotmühle und die vielen Futterarten. Es gab ja noch viel zu füttern in Blankenese außer Hühnern und Kaninchen. Die Bauern Gätgens und Behrmann in Dockenhuden sowie die Fuhrleute und Pferdehalter brauchten Hafer und für die Schweine Kleie usw.

Dann hatten Ihlenfelds noch eine Modell-baufirma „Kröger und Ihlenfeld". Hier wurden für die Werften und Reedereien die Original-Modelle gebaut – es waren wohl sechs Mann damit beschäftigt. Fritz Ihlenfeld, mein Klassen-kamerad, nahm mich öfters mit in den Betrieb. Was da an Schiffsmodellen gebaut wurde, war zum Staunen! Alles funktionierte, jede Winsch, jeder Ladebaum, alles originalgetreu.

Nun zu den Hühnern. Unsere Hühner legten jeden Tag drei bis vier Eier, damit kam meine Mutter ganz gut aus. Wir Jungens waren einmal während der Großen Ferien zum Spielen an den Heidberg gelaufen. Der Golfplatz war schon in Betrieb, und ab und an fanden wir einen fehlge-schlagenen Golfball, so auch an dem betreffen-den Tag. Wir suchten am Zaun entlang weitere Bälle und kamen bei dieser Suche allmählich bis zu der alten Kiesgrube am Heidbergweg (jetzt „In de Bargen"). Die Kiesgrube war zwar eingezäunt, aber wir kannten keine Hindernisse, und es war dort ein ideales Spielgelände. Nachdem wir noch zwei oder drei Bälle in der Grube fanden, wur-den wir auf Gegacker aufmerksam. Wo kam das her? Hans Prigge fand schnell heraus, wo das war!

Auf der Seite zur Rissener Landstraße be-fand sich eine Hühnerfarm; alle Hühner liefen in einem großen, eingezäunten Areal – dieser Zaun verlief fast an der steilen Kante der Kiesgrube. Hier hatten die Hühner unter dem Zaun einen Durchschlupf gescharrt und unter den verwurzelten Kanten Nester für ihre Eier angelegt.

Nach einiger Suche fanden wir dreißig bis vierzig Eier. Auf meinen Rat legten wir aber in jedes Gelege ein Ei zurück, um die Hühner zum neuen Legen anzuregen. Wir kochten einige davon an Ort und Stelle. Wasser holten wir von einer Grundwasserstelle in der Grube, als Kessel diente ein alter Marmeladeneimer, Streichhölzer hatten wir fast immer mit. Schnell wurde dürres Holz gesucht und aus einigen Feldsteinen ein Herd gebaut. Da wir keine Uhr hatten, wurden sie ziemlich hart, schmeckten aber trotzdem recht gut. Die restlichen Eier wurden geteilt und mit nach Hause genommen.

Nun wollte ich aber lästigen Fragen aus dem Wege gehen und legte die Eier einfach in die beiden Nester in unserem Hühnerstall! Am anderen Morgen fütterte meine Mutter und holte die frisch gelegten Eier. Dann kam sie in die Küche zurück und meinte, die Hühner legen sich wohl zu Tode, das könne doch gar nicht angehen... Ich tat so, als ob ich nichts gehört hätte und ging anschließend wieder mit meinen Spielkameraden zur Kiesgrube. Wieder Eier suchen und kochen, wie gehabt, abends wieder in die heimischen Nester gefüllt.

Meine Mutter hatte aber meinem Vater erzählt, daß mit unseren Hühnern irgendetwas nicht stimmen könne. Nach dem Abendbrot ging mein Vater zum Hühnerstall, um die Klappe wegen etwaiger Marderbesuche zu schließen. Er kam nun auch ganz verstört mit einem Dutzend Eiern an. Das Rätsel war unlösbar für meine Eltern, sollte jemand vergiftete Eier dahin gelegt haben? „Och wat, Hein, das glaube ich nicht", sagte meine Mutter. Ich fing auf einmal an zu lachen und erzählte die Wahrheit.

Am anderen Morgen wollte ich wieder mit meinen Spielkameraden los, da meinte Hans Prigge, er hätte keine Lust, und außerdem wären heute keine Eier dort. So war es denn auch; mein Vater war in aller Frühe zur Kiesgrube gefahren (mit dem Fahrrad), dort traf er aber schon Gustav Prigge, den Maschinisten, er war mit dem Motorrad gekommen. Beide teilten die Eier, so ging es einige Zeit, bis eines Tages der Zaun einen Meter zurückgenommen wurde, aus der Traum! Das hatte aber auch sein Gutes, nun gab es endlich mal was anderes als nur Eierspeisen bei uns.

Ende

Der Autor

Johannes W. Studt wurde am 19. Februar 1921 an der Süllbergsterrasse in Blankenese geboren. Bis auf wenige Unterbrechungen lebte er immer in Blankenese – und immer mit Elbblick. Dort wohnt er heute mit seiner Frau Anni im Treppenviertel.

Ein wunderschöner Sommertag im sonnigen Blankenese so um 1932. Diese Aufnahme vom Süllberg wurde von der Blankeneser Hauptstraße in Höhe des alten Waschhauses gemacht. Fährt man heute abends dort entlang, ist der Süllberg prächtig illuminiert.

Alte Namen, neue Namen

BSC . . . . .Blankeneser Segelclub

Carlstraße . . . . . .Hans-Lange-Straße

Elbstraße . . . . . .Blankeneser Hauptstraße

. . . .(ab Kahlkamp)

Hauptstraße . . . .Blankeneser Hauptstraße

. . . .(bis Kahlkamp)

Heidbergweg . . .In de Bargen

Norderstraße . . . .Oesterleystraße

Quälberg . . . . . .Waseberg

Sandberg . . . . . .Am Eiland

Wasserkunst . . . .Wasserwerk Kösterbergstraße

Westerstraße . . . .Richard-Dehmel-Straße

Pennskok

Ein Wurfspiel, bei dem in zehn bis 15 Metern Entfernung drei Ziegelsteine (oder sehr glatte Steine) auf dem Strand aufgestellt wurden. Jeder Mitspieler legte einen Pfennig (Besserverdienende spielten natürlich mit höherem Einsatz) auf diesen Steinturm. Alle Münzen lagen mit Kopf oder Zahl nach oben. Dann wurde geworfen. Wer traf, durfte die Münzen behalten, die sich in die vereinbarte Richtung gedreht hatten.

Ein Dankeschön

An dieser Stelle möchte ich mich natürlich bei allen bedanken, die an diesem Buch mitgewirkt haben. Besonders bei meiner Schwiegertochter Margret Studt, die die Erstauflage bereitete, dann bei meiner Tochter Sabine, die den großen „Wurf" vorbereitete und in die Druckerpresse brachte. Und dann natürlich bei den lieben Nachbarn Pleil, von Nizza und Kösters, die bei der Bildersuche halfen. Und natürlich bei Frau Gotelind Langhans, ohne deren professionelle Hilfe das Buch nicht das Licht der Welt erblickt hätte sowie Carola Volbeding, die mit viel Geschick meine Ideen umsetzte und dem Buch sein Gesicht gab.

Johannes W. Studt

Und Anfang 2004 erscheint...

...von Johannes W. Studt: **„Meine Dienstzeit auf einem Minensucher von 1939 bis 1945"**. Darin schildert er mit guter Beobachtungsgabe und durchaus humorvoll das Leben der meist noch sehr jungen Soldaten, die sich mit dem Leben an Bord eines Arbeitsschiffes, der körperlich schweren Arbeit, dem Krieg mit all seiner Tragik und zum Teil auch Komik zu arrangieren hatten. Kein Werk der großen Schlachten, nicht mit technischen Details überfrachtet und dennoch in den historischen Daten und Geschehnissen sattelfest recherchiert und geschildert. Ein Buch nicht nur für ältere Leser.

Der Schriftsteller **Walter Kempowski** schrieb nach der Lektüre des Manuskriptes: „Ich dachte nicht, daß mich ein Buch über Minensuchboote interessieren würde. Und doch war es so. Ich schlug es auf und schon hatte ich mich festgelesen. Wir finden im Schatten des Großen – separiert und verkleinert – vieles, was entdeckt werden will, um auch das Große zu begreifen."

Inhalt

Vorwort 4

Meine Kindheit 7

Der Autor 93

Alte Namen, neue Namen 94

Pennskok 95

Ein Dankeschön 96

Und noch ein Buch... 97

Bei der Neuauflage halfen... 100

Platz für Ihre Notizen 102

Für die Hilfe bei der Neuauflage des Buches „Zwischen Süllberg und Bulln" danken wir...

...Frau von Elm für die beiden Bilder von Schuldt's Kaffeegarten auf Seite 12, dem Gymnasium Blankenese für das Foto der Kahlkamp-Schule auf Seite 18, Frau Ilka Röhl für die Aufnahme von der Milchhandlung mit ihrem Ur-Großvater und ihrer Großtante auf den Seiten 36/37, der Landesbildstelle für das Bild der „Herma" auf Seite 52 sowie die Aufnahme vom Bulln auf den Seiten 54/55 und Heinz Harmstorf – Sohn von Rudolf Harmstorf – für den Schnappschuß von „Rudi in der Waschbalje" auf Seite 58.

Platz für Ihre Notizen

....

....

....

....

....

....

....

....

....

....

....

....

....

....

....

....

....

Platz für Ihre Notizen

....

....

....

....

....

....

....

....

....

....

....

....

....

....

....

....

....